KB053600

홀로
견디기

홀로 견디기

이철호 시집

정출판

『홀로 견디기』 시집을 내며

    아내가 떠난 지 3주기가 되었다. 아직도 그날이 생생하게 기억에 남아 있는데, 물살보다 빠른 시간 앞에서 상실과 외로움을 감출 수가 없다. 생전에 바쁘게 산다는 핑계로 아내에게 소홀했던 것이 죄가 되었다. 그런 나를 속죄하기 위해 전국 명산대천을 찾아다녔다. 아무도 알아주지 않아도 자비하신 부처님께 예불을 올리고 송글송글 땀이 흐를 때까지 참회의 절을 했다.

    집안에 아내가 없는 빈자리는 상상보다 컸다. '여보 식사하세요, 여보 일찍 들어오세요, 여보, 여보, 여보.' 어디선가 나를 부르는 아내의 목소리는 끊임없이 울려왔고, 부엌에서, 거실에서, 침상에서 아내의 해묵은 손길들은 여린 감수성을 흔들어놓았다.

    사춘기 소년이 방황하듯, 한 번씩 찾아오는 허한 심정을 글로 적어갔다. 돌이켜보면 지난 3년은 아내에 대한 마음을 승화

시키는 홀로서기의 시간이기도 했다. 명산대천 기도행군을 다니며 작은 수첩과 펜을 들고서 시를 썼다. 아이러니하게 아내는 '영감'이라는 생수를 내게 부어준 것이다. 시는 배우자를 잃은 상실과 외로움을 극복하게 했고, 불온한 정서와 영혼을 가다듬도록 나침반이자 반려자가 되어 주었다. 그런 점은 무엇보다 다행이라고 생각한다.

아내의 3주기에 시집을 헌사할 수 있어 감사하다. 그렇다고 아내에 대한 그리움과 미안함이 다 끝난 것은 아니다. 삶이 다하는 날까지 진정한 가치를 위해 열정적으로 사는 것은 계속될 것이고, 아내도 그것을 바랄 것이다. 때로는 삶의 속박에서 벗어나 자연과 더불어 쉼을 얻고, 나를 존경하고 사랑하는 사람들과 아름답게 공존하며 살리라.

2014년 11월 일

李喆鎬

목차

1부 아내의 눈물

2부 나팔꽃 고백

3부 홀로 견디기

4부 놀라운 힘

5부 다시 만나자

1부

아내의 눈물

자화상

빈집을 홀로 서성이다 투명 유리창에 비친 초라한 얼굴을 발견합니다

창밖에는 우면산 숲이 온통 초록색으로 타오르고

공중에는 전선줄이 바람을 타고 느릿느릿 흔들립니다

빈집을 홀로 서성이다 보면 변화무쌍한 하늘을 보고 숲을 보고

변함없이 흔들리는 세상을 바라보곤 합니다

그러나 오늘은 투명 유리창이 유난히 투명해진 탓일까요

쓸쓸하고 초라한 얼굴 하나를 발견하고 말았습니다

떠도는 영혼

오늘은 무작정 집을 나섰습니다
걷다 보니 내 발은 맨발이었습니다
무얼 어디다 두고 온 사람이 되어
두리번두리번 눈동자는 허공을
돌아다닙니다
구름과 구름이 끝없이 유영하고
하늘은 말없이 가슴을 열고 있습니다
그곳에선 당신이 보이지 않았습니다
거리에는 많은 사람들이
어쩌면 그리 많은 사람들이
스쳐지나가는 것일까요
이 사람도 당신 같고
저 사람도 당신 같습니다
다가가 옷자락을 잡으려하니
두려운 생각도 밀려옵니다
그들이 나를 보고 미쳤다고 할 것만 같습니다

바보 사내

아침부터 비가 오는 날이면
당신에게 전화를 하고 싶습니다
당신이 이유 없이 보고 싶다고
만나자고 말하고 싶습니다

울적하기 그지없는 허무한 마음
생각은 상상의 나래를 타고
먼 우주라도 다녀올 것 같습니다

무엇을 위하여 살고 있는가
산다는 의미는 어떤 것인가
정녕 당신을 그리워하는 것이
삶의 전부인 것 같습니다

당신에게 전화를 걸지 못하고
나는 바람 빠진 공이 되었습니다
그냥 이런 날에는
당신이 먼저 보고 싶다고 전화를 해주면
정말 정말 좋겠습니다

무료한 오후

무료한 오후 누군가 현관에서
초인종을 눌렀을 거라고 나가보니
앞산은 어제보다 더 진하게 초록색이 되어 있습니다
아내의 웃음 같은 흰 햇살이 눈부시게 맑습니다
현관 문 저쪽에서는 아무도 없는지 인기척이 없습니다
신발장 선반에는 여러 켤레의 구두와 운동화가
가지런히 외출을 기다리고 있습니다
조금 전까지도 이 신발 저 신발로 어수선했는데
아내는 언제 이곳 현관까지 다녀갔을까요
심심한 나와 숨바꼭질을 하고 싶다는 뜻일까요

강박증

당신이 갑자기 미치도록
보고 싶어질 때가 있습니다

새벽 거리를 걷다가
벽에 걸린 사진을 보다가
나는 미치도록 그 자리서 울어버립니다

식당에서 혼자 밥을 먹다가
당신과 같이 온 자리가 비어 있습니다
카페에서 커피를 마시다가
당신의 자리는 여전히 비어 있습니다

책을 읽다가
시를 쓰다가
하늘을 보다가
산을 보다가
갑자기 미치도록 당신을 찾고 있습니다

아내의 눈물 · 1

뿔테 안경을 한 손에 쥐고
애처롭게 울고 있는 당신을 위해
푸른 기둥 꼿꼿한 나무로
나는 벌떡 일어서고 싶었습니다

당신이 울면 약한 마음 되어
힘없는 두 손을 내밀었는데
그럴 수 없는 무력한 모습
가슴속 촛불로 축성하고 있습니다

나날이 두 손 합장하고
당신을 보듬고 쓰다듬었지만
억겁이 가로막고 있는 걸까요

운명을 끌어내려 생사를
거둘 수 있다면 나는 거지라도
눈부신 시간일 것 같습니다
가시밭길 같은 고난도 날마다
기뻐하고 감사할 것 같습니다

아내의 눈물 · 2

아침부터 소금 햇살이 쏟아집니다
오늘도 무사히 눈을 떴습니다
머리맡에 엎드려 있는 당신 모습이
유난히 측은하고 지쳐보입니다

돌이켜보면
자목련 꽃봉오리 시간입니다
병아리가 닭이 되어 알을 낳는 시간입니다
세월이 훨훨 날아가 버렸습니다

그래도 당신이 촉촉한 오월의 대지에
푸른 보리를 키우는 농부로 살기 바랍니다
가슴속에 생명의 곡식을 키우는
열정적이고 충만한 삶을 살기 바랍니다

꾀꼴꾀꼴 우는 슬픈 새 말고
음매음매 우는 염소 한 마리 말고
미루나무로 푸르게 씩씩하게
그것이 내가 당신에 대한 기도의
시작임을 알아주시기 바랍니다

아내의 눈물 · 3

당신이 내 곁으로 가까이 오셔야
나는 수줍게 고개를 들고 웃을 수 있습니다
숨겨 둔 나의 향기 당신의 것입니다

당신이 내 곁으로 가까이 오셔야
내 작은 봉우리에 당신을 품을 수 있습니다
당신을 품은 내 모습 당신의 것입니다

차가운 세월 달리는 시간 속에
메마른 가슴으로 작아져 버렸지만
당신에게 가장 큰 기쁨을 키워 드리는
씨앗이고 꽃이고 열매가 되겠습니다
바람 부는 날에도 향기를 뿌리겠습니다

쓸쓸한 몽상

가을밤에 비 내리고
몸 어디선가 소리 없이 아프다
빗물은 단풍을 태우고 어딘가로 흘러가고
아픈 육신은 쓸쓸한 몽상 속에 잠긴다
단풍 사라지고 낙엽이 되면 또 무엇이 남을까
가을 밤에 내리는 비는
조난을 알리는 신호일 뿐이다

쓸쓸한 귀가

여보 나 왔어,
그러나 당신이 없는 빈집이었습니다

순간, 내 마음은
얼음이 깨지는 소리가 들렸습니다
산산이 깨지는 소리가 창 너머까지
울려 퍼지고 있었습니다

여보 나 왔어,
한 번 더 외쳐보았습니다
그러나 여전히 당신이 없는 빈집이었습니다

당신 곁에

잊어야 하는데
지워야 하는데
그런데 이렇게 힘만 드는 것을

당신이 묻힌 자리에
나도 함께 묻고자 했지만
나는 당신만 묻었구려

아—
당신 곁에 나도 묻고 싶다
당신을 끌어안고 싶다
당신을 느끼고 싶다

한번만

여보, 어디 있는지
숨어 있지 말고 나와 보시오
내게 한번 나타나 보시오
당신이 원망하면 듣고
당신이 때리면 맞고
당신이 울라면 울고
당신이 가자 하면 따라갈 것이오
내가 견딜 수 있는 것은
당신을 보며 사는 것이고
내가 견딜 수 없는 것은
당신을 못 보며 사는 것이오
여보, 그러지 말고 숨어 있지 말고
한번만 나와 보시오
내게 한번만 나타나 보시오

성인 아이

당신을 보낸 뒤로는
내 생활이 너무도 달라질 수 있을까요
천애고아가 되어
가는 곳마다
보는 곳마다
엄마를 잃은 아이의 표정으로 변합니다

당신을 보낸 뒤로는
내 일상이 너무도 달라질 수 있을까요
벙어리가 되어
가는 곳마다
보는 곳마다
아무 말도 하기 싫은 무표정으로 변합니다

차 안에서

이 사람 저 사람에게
짓눌려 망가져 가는 의자와
혼자만의 즐거움으로
트로트 메들리를 틀고 있는
운전사의 뒤통수를 보고 있노라면
선술집에서
늙은 창녀의 넋두리를
안주 삼아
막걸리를 마시고
취해 있는 것 같다

못난 사내

당신이 땅에 묻히던 날
아침부터 봄산은 안개비가 흩날렸습니다
꿈이길 바라던 일들이
맨발로 다가와 도망칠 수 없었습니다

스님의 추모독경 축축히 퍼져가고
진혼곡 색소폰은 묘지를 울렸습니다

자목련 꽃망울이 봉긋봉긋
수줍은 자태로 가지에 매달려 있었습니다
아이들의 우는 소리에 차마
부르짖고 통곡할 수 없었습니다

무서워서 혼자는 못 떠나는 당신
무서워서 혼자는 떠날 수 없다는 당신을
그런 당신을 봄산에 버리고 왔습니다
당신을 버리고 온 그 사내를
그 못난 사내를 용서할 수가 없습니다

강릉에서

불 같은 색조를 띤
바다는 어둠을 가르며 다가왔다

파도에 합류하긴 쉽지만
빠져 나오지 못하는
바다는 고함을 질렀다

산산이 무너지는 두려움으로
바다는 거칠어졌다

너무나 푸르른
깨져 버릴 것 같은
하늘이 누르면
바다는 균형을 잃었다

바다는 점점 퇴락해 갔다

2부

나팔꽃 고백

가을 채송화

쇠비름과에 속한 한해살이풀
금이 간 시멘트 바닥 틈새로
채송화 한 송이 그 속에서 핀다

하나의 꽃 안에 수술과 암술이 있어
가까이서 서로 만날 수 있는 꽃
스산한 가을바람 차가워져도
보석 닮은 꽃봉오리 화려하다

아침에서 오후까지 수를 놓아
꽃물시간 곱게 물들여
한 세월 마감하는
아련한 찰나의 시간

당신을 만날 수 있는 날은
아득히 멀고
계절은 숨길 수 없이 깊어 가는데
오늘 가슴속에 채송화 한 송이
오롯이 피어난다

나팔꽃 고백

이 세상에서 마지막 숨을 쉴 때까지
당신을 볼 수 있다면
얼마나 좋을까 생각해 봅니다

내 가슴의 열정을 다 쏟아내며
죽어도 후회하지 않을만큼
당신을 좋아했고 사랑했습니다

늘 다투고,
늘 엉키고,
늘 토라졌지만
돌아보면 내 사랑의 솜씨가
서툴렀기 때문입니다

당신 앞에 앉아 있으면
여름날 웃는 나팔꽃입니다
왜 그렇게 웃음이 나오는지
영혼마저 기쁨으로 벅차오릅니다

나의 몸이 눈부신 태양빛으로
붉게 붉게 타올랐던 것도
고백하려고 합니다

수줍은 미소

베란다 볕에 기대어
톡톡톡 자줏빛 봉오리를 토해 내는
너의 자태가 수줍어 보인다

바람 없는 벽 탁한 그늘에서도
천 개의 손을 가진 천수관음보살로
그 웃음 그윽하게 퍼진다

쿵, 쿵, 코를 대고 다가가다
세상의 어떤 지극한 마음이 있어
불안하고 어린 나에게
선뜻 손을 뻗어 줄 수 있으랴

천 개의 눈과 천 개의 손마다
자줏빛 향낭을 움켜쥐고 나와
천지를 자애롭게 물들이는
너의 공양을 따를 수 있으랴

늦은 후회

다시 사랑이 살아온다면
더 뜨겁게,
더 안쓰럽게 시간을 아끼며 사랑하겠는데

내 몸이 벼랑 끝에 서 있다면
당신과 함께 민들레 씨가 되어
함께 날아 갈 수 있겠는데

지친 나의 손을 따스하게
잡아 주던 당신의 무한한 사랑
이제야 그 사랑 골수에서 사무쳐와
후회하고 또 후회하지만

아무리 용광로 사랑을 준다한들
이제사 무슨 소용이 있으리오

이제는 오직 당신 안으로 가고 싶다

화려한 옷

당신은
당신 자신보다 화려한 옷을 입었다
보인다 보고 말았다

그 옷 속에
보드라운 가슴과 체온
세상에서 가장 작은 산도 있다

산이 있으면 골짜기도 있는 것을
화려한 겉옷 안에
당신의 서러운 세월 흐른다는 걸

하지만 거침없이
당신의 옷 풀어 헤친다
보인다 보고 말았다

새가 되었다

당신을 향한 그리움이
나로 하여금
새가 되게 하였다

내가 날아서 가는 곳
그곳에 당신이 있을 것이다
이제 외로움도
들끓는 가슴도

훨훨 날아서
푸른 창공 혜원의 바다를 건너
마지막 날개가 닿을 때까지

이별식

당신을 떠나보내던 날
아침부터 내리던 안개비는
오후가 되자
유난히 환한 햇살로 변했습니다
세상은 똑같이 돌아가고 있었습니다

나 혼자 세상의 외톨이가 되었습니다
고통이 심장의 혈관까지 찔러오는데
해맑은 아이의 얼굴이 된
당신 얼굴은 문수보살의 평화였습니다

시간이 나그네라면 붙잡아두고
매달리고 애원하고 싶었습니다
그러나 당신은 홀연히 사라졌습니다

당신을 산에 두고 돌아서는데
세상은 똑같이 돌아가고 있었습니다
누구 하나 내게 물어오지 않았습니다
나는 외톨이가 되어
두 눈 가득 피눈물 맺혔습니다

잔인한 4월

개나리 꽃길에서
당신을 보냅니다

언제까지
버팀목이 될 줄 알았던 당신
괴로움이 가슴 가득 차옵니다

윤중로의 벚꽃 꽃무리
동작대교 위에 구름카페점

도도히 흐르는 한강물줄기
언제나 변함이 없는데
당신을, 이 모든 추억을 감추고
어디로 간 것입니까

계절이 바뀌고 있어도
고픈 사랑의 갈증은
풀 길이 없습니다

지금 당신의 손길을 느끼고자
바로 그곳에 서 있습니다

어린 사자의 밤

당신이 돌아온다면
다시 돌아와 얼굴을 마주볼 수 있다면
어린 사자의 밤도
호강스러운 밤이 될 것입니다

당신이 홀연히 돌아온다면
내 모든 허기가 말끔히 사라지고
당신의 얼굴을 마주보고
따뜻한 체온을 나눌 수 있다면
어린 사자의 밤도
호사스러운 밤이 될 것입니다

라일락 향기

지친 그리움을 달래기 위해
애꿎은 커피 잔만 비운다

당신이 좋아하던 거리
그 잔 속에 웃는 얼굴이 쓸쓸하다

보고 싶다
생각하면 미친 듯이 보고 싶은 사람

그립다 하면 더욱 그리운 당신

불어오는 바람결에 향긋한
라일락 향이 당신의 가슴인 양 부드럽다

투병 병실

중환자실에서 열 달을
투병하는 당신을 볼 때는
그만 놓아주고 싶었습니다
고통으로 괴로워하는 당신
나를 두고 혼자 가지 말라는
애원을 멈추고 싶었습니다

의식이 없더라도
살아 있는 것도 기뻐서
엄마 손을 놓치기 싫은 아이로 변해
이렇게라도 오래 있어달라고
두 손 잡고 애원했는데
당신은 가버렸습니다

당신은 나를 중환자실에 두고 간 것입니다

보내지 못하는 이유

혼자되는 두려움에
내 너를 보내지 못함을
안타까워했고

어둠이 주는 외로움에
내 너를 보내지 못함을
서러워했고

그리움이 주는 잔인함에
내 너를 보내지 못함을
허탈해 했고

이별이 주는 무서움에
내 너를 사랑이란 이름으로
가두어 버렸다

혼자 있을 때를 위하여

숨겨진 얼굴로
그대 곁에
머물고 싶지는 않습니다

하루를 살아도
잊혀진 얼굴로
그대 곁을
떠나고 싶지는 않습니다

하루를 사랑해도
가장 아름다운 빛으로
가장 화려한 꽃으로
살고 싶습니다

숨겨진 얼굴로
그대 곁에
머물고 싶지는 않습니다

3부

홀로 견디기

알람 소리

새벽, 알람 소리에 잠이 깼다
습관의 몸이 열려 그 소릴 듣자 꿈의 가면이 벗겨진다
달빛을 덮고 잠들었던 내 안의 애욕과 권태,
온갖 공상과 환상들이
따르릉 울려대는 알람 소리에 깜짝깜짝 깨어난다

움켜쥔 이불을 털고 활짝 가슴을 열어젖힌다
지옥의 도가니를 빠져나와
질척이는 욕망의 찌꺼기를 말끔히 소거하고
눈부신 아침이 먼저 깨어나기 전에
내가 먼저 세상의 주인이 된다

선인장

산나무가 쑥쑥 자라 올라오는
13층 베란다에는
작은 화분 한 개 있습니다
오랫동안 물을 주지 않았지만
그 키는 산나무와 다를 바 없습니다
빈 집을 지키는 허한 마음
우두커니 소파에 기대어 있으면
인기척도 없는데
베란다에서 무슨 소리가 한번씩 들려옵니다

홀로 견디기

연인을 기다리는 떨림으로
우두커니 앞산을 바라본다
똑딱똑딱 시계 초침 소리는
바쁘게 제자리로 달려가지만
나는 홀로 카오스에 빠져있다

연인을 기다리지 않으면
이토록 정성껏 고개 숙여
마음을 모아 기도할까
길 잃은 바람은 배회하고
나는 홀로 우두커니 앉아있다

바깥의 움직임은 어제와 다르게
새로운 시간을 형성하는데
정적이 흐르는 방 안
똑같은 공간에서
오늘도 새로움을 창조할 수 없다
똑딱똑딱
그저 홀로 카오스에 빠져있다

대성사

그리운 마음이 들면 운동화를 신고 대성사로 향한다
아내와 손을 잡고 나란히 걸었던 길을
혼자서 쓸쓸히 걸어간다
따뜻한 바람과 햇볕이 쏟아지는 숲길을 지나면
아내의 포근한 품속 닮은 대성사에 도착한다
고즈넉한 경내에 들어서자
새록새록 아내와의 추억이 되살아난다
항상 보살의 마음으로 살았던 아내
아이였던 나에게 혜원의 바다였던 아내
어디선가 풀벌레 우는 소리가 들려오고
나는 기어코 참았던 눈물이 쏟아진다
아무도 듣지 못하게
아무도 보지 못하게
울음소리를 삼키고

비척비척 법당 앞으로 걸어가
두 손을 합장한다
부처님은 기다렸다는 듯 손수건을 꺼내
내 눈물을 닦고 있다
새들이 가슴속으로 날아와 종소리를 울린다

나그네 일기

코스모스꽃 자욱한 포천쯤에서
길을 걷는 사내가 있습니다
빵빵거리며 지나가는 자동차 따라
표지판도 없는 길을 걷고 또 걸었습니다
가다가 쉬고, 가다가 쉬고
어느 한적한 마을에 이르렀습니다
외딴 기와집 문을 열자 방울 소리가 울렸습니다
흙먼지가 뽀얗게 내려앉은 운동화를 벗고
마루에 올라 그대로 누워버립니다
눈을 감고 종일 걸어온 길을 돌아봅니다
눈을 감고 매일 걸어온 길을 돌아봅니다
평상에는 말랑말랑한 가지가 널려 있습니다

여자의 웃음

일기를 쓴다 하얀 종이 위에 천천히
여백을 채워가는 볼펜심 따라
어디선가 환하게 소녀들이 웃는다
갑자기 부끄러움을 타는 소년이 되어
얼굴이 달아오른다
들킨 것도 아닐텐데 까르르 터지는
소녀들의 웃음소리에 심장이 커진다
다시 마음을 가다듬고 볼펜심에 힘을 준다
검은 지렁이가 마구 쏟아져 나온다
가느다란 다리로 힘을 다하여 지옥을 건너간다
어느새 소녀들의 웃음도 그치고
성스러운 자세를 고쳐 앉고 여백 위에 마침표를 찍는다
나는 얼른 일기의 끝에
여자의 웃음은 믿지 않는다고 쓴다

혼자 있는 시간

가끔씩
나는 안경을 닦는다
그리고 기지개를 편다
고독이 줄어들게 해 주기를 내 안의 신에게 요청한다
그리고 좀더 기도한다
가끔씩
밖으로 나가서 해야 할 다른 일을 찾고
미래의 많은 날들을 생각하거나
좋은 책을 읽는다
그리고 가끔씩
할 말을 하지 않는다
혼자서 생각하는 것은 좋은 것이기도 하다
내 자신이 자기를 바라볼 필요가 있다

심야통신

우면산에는 밤이 깊어 있고
거실은 환한 낮불이 켜져 있습니다
사람들의 왁자지껄한 소리
우리 집은 잔칫집 안마당입니다
웃고 떠들썩하고 시끄럽습니다
외로움이 깊어진 사내가 티브이를 크게
켜놓아 그리된 것이지요
티브이는 날마다 말하고 웃고 울기도 합니다
말 안 하는 사람은 나뿐입니다
말 안 하는 것은 산도 마찬가지입니다
그런데 저 산도 밤이면 잠들 줄 아는데
나라는 사내는 왜 잠을 안 자고 있을까요
제자리에서 앉아 티브이도 안 보고 말도 안 하는 산도
외로움을 견딜 줄 아는데
왜 나는 이토록 잠이 안 오고 심심할까요

냉장고에 대한 단상

먹다 남은 반찬통을 비우고 나니 냉장고 안이 환하다
예전에 이런 일을 한다는 건 있을 수 없다
혼자서 능장을 부리다 시작한 냉장고 청소
아내는 이런 일을 할 때마다 무슨 생각을 했을까
집안 일은 아무리 해도 표가 나지 않는다더니
해가 지도록 제자리를 맴돌고 있다
아내에게 고생했다는 말 한마디
따뜻하게 해주지 못한 게 통증이 되어 온다
시간을 겹겹이 접어서 다시 펼칠 수 있다면
공간을 겹겹이 접어서 다시 펼칠 수 있다면
단 하루라도 아내와 함께 있고 싶다
추억은 수시로 생생하게 펼칠 수 있으련만
그것을 다시 되살리는 것은 무모한 기대인 것이다
버릴 것 버리고 남길 것 남기고 나니
마음도 환하다

웃음

누군가 재미있는 이야기를 하면,
나는 무조건 하하하 웃어버린다

웃음은 만병통치약이라는데
돈도 들지 않는 것 무엇이 어려우랴

슬픔이 커도 웃고 기쁨이 커도 웃는다
한편은 그런 내 모습을 보고 의아해한다

나는 속으로 꼬치꼬치 알려고 하지 마라
너도 웃어봐라 마음껏 웃어봐라

웃음이 맞다 웃음이 맞다

물고기의 생

유리 항아리에 울긋불긋 헤엄치는 귀여운 물고기
지구를 축소해 놓은 듯한 작은 항아리 속에는
춤추는 수풀이 있고 조약돌이 있고
산소공급기도 들어 있다
가루로 된 먹이를 사이좋게 나눠 먹어가며
서로 부딪히지 않으려고 쉼없이 꼬리를 흔든다
보이는 곳도 보이지 않는 곳도
한생이 존재하고 헤엄치면서 시간을 흘려보낸다
둥근 유리 항아리 안에서 우주를 사는 물고기여

안개주의보

실체가 없는 회색의 얼굴
따뜻하지도 냉정하지도 않는
너의 몸짓에 낯선 불안감이 엄습해온다

쫓아버리려 팔을 저었지만
어느새 옭아매어 오는 뱀 한 마리
저 날렵한 자만의 힘

견과류

기다려도 돌아오지 않는
아내 대신
매일매일 견과류를 먹는다

잣, 호두, 아몬드, 해바라기 씨,
쫄깃쫄깃하게 마른 블루베리까지
간식 삼아 매일매일 먹을 수 있게
한 봉지에 1일 권장량이 들어 있다

먹을 때마다 고소하고 달콤한
느낌 때문에 과자봉지에 손이 가듯
자꾸만 손이 가는데
그 바람에 돌아오지 않는 아내 생각은
깜빡 놓쳐버리고 만다

기다려도 돌아오지 않는
아내 대신
매일매일 견과류를 먹는다

사진 속에 웃는 당신

사진 속에서 웃고 있는
당신의 얼굴을 봅니다
눈 귀 코 입 귀여운 파마머리
붉은색 바람막이 잠바를 입고
어딘가를 바라보며 웃고 있습니다

한때 그 눈은 나만 바라봤습니다
한때 그 귀는 내 말만 들었습니다
한때 그 코는 내 향기를 맡았습니다
한때 그 입은 내 이름을 불렀습니다

오늘도 사진 속에 있을까
문득 고개를 돌려 돌아보면
변함없이 당신은 거기 있습니다
사진 속에서는 살아 있고
웃고 있는 당신을 보는데도
나는 왜 자꾸 쓸쓸해지는 것일까요

공중부양

구름은 어디로부터 흘러와
어디로 흘러가는 것일까

구름이 흘러가는데
내 외로움에는 이유가 없다

내 외로움에는 이유가 없을까

단 한 사람을 사랑한 일도 없다
나이 듦을 슬퍼한 일도 없다

구름이 허공으로 흐르는데
내 몸이 구름 위에 있다

구름이 자꾸 흐르는데
내 몸이 구름 위에 섰다

멈추라고 할 수 없다

바람이 분다
화가 나서 냉정해진 여인이
이처럼 차가울까

떨어지는 꽃잎은
바람에 저항을 하는 걸까

빨간 무리
하얀 무리
속살을 드러내는 밤의 여인인가

아릿한 연민이 스쳐가도
너는 그만 멈추라고 할 수 없다

바람이 분다고
여인이 화를 낸다고
그만 멈추라고 할 수 없다

4부

놀라운 힘

여명의 아침

새벽이슬 공양 받고 있는 너에게로
나는 천천히 걸어 들어갔지
푸른 덩굴을 이루고 있는 숲 깊숙이 들어가면
시끄러운 새들도 소리를 멈춘 채
가만히 엎드려 길을 열어 주지
엄마 젖을 빠는 아이의 모습으로
숲은 물기를 빨기에 여념이 없고
그들 틈에 끼여 나도 모르게 도취해 버리지
잠시 후 태양이 솟아오르면 새들은 지저귀고
숲은 찬란한 행진곡을 연주하지
하루를 열기 위한 요란한 모닝 소나타는
위대한 밤과 새벽의 시간을 기꺼이 내놓을 줄 알지

자귀나무

자귀나무 꽃이 피고 있습니다
아무 소리 없이 밤에만
명주실 한 타래가 꽃술에 달려 있습니다
여인의 부드러운 유두가 느껴집니다
가슴속 깊은 곳에서 번뇌의 범종이
울리고 있습니다
사위는 고요하기 그지 없습니다
턱을 고이고 달빛 하늘을 바라봅니다
가끔씩 휘이익 흰 포물선이 지나가고 있습니다
한숨이 새어나오고 돌아누워 귀를 닫습니다
자귀나무 꽃 피는 소리를 듣습니다
자귀나무 열매가 떨어지고 있습니다

기적

사랑이 시작될 때면
찬란한 빛으로 떠오르는
붉은 가슴이 되어
순간이 영원처럼
느껴지는 것은 놀라운 일입니다

어제와 다른 세상이
단 한 사람의 생각으로 가득차고
상상도 현실이 되는 기적에
마음이 떨려오고 두렵기마저 합니다

당신의 눈물마저
이렇게 설레게 하는
놀라운 힘을 가질 줄은 미처 몰랐습니다

침묵

하루가 다 가도록 말 한번 안 하고 있습니다
꽃잎은 그 짙은 향기로 말하지 않고
새는 새장 안에서 가만히 응시하고
석양이 서쪽으로 몰려가며 끝자락을 보일 때도
어떤 사람에게도 한마디 건네지 않습니다
하루가 다 가도록 말 한번 안 하고 있습니다
석양은 기어이 오늘을 가지고 가고 있습니다
그래도 나는 아픈 이야기를 말하고 싶지 않습니다

상처

너는 나를 만들고 있다
눈물은 카타르시스를 만들고
긴 헤어짐에 지친 사람들이
새로운 사랑 앞에 달려가고
나를 붙잡고 다니던 숱한 상처들이
나를 만든다
너를 자르고 나면 또 다른 너의 싹
애도하지 않는 너희들이 나를 만든다

피부에 스치는 너의 입술이 두려워
얼굴을 감싼 내가 누워있다
등 뒤에서 쳐다보는 그림자
너에게 다친 나를 쓰러뜨린다
눈물이 카타르시스를 만들고
너는 나를 만들고 있다

산다는 것

참선 속에서 깨달음을 얻고
깨달음 때문에 참선은 깊어갑니다
죽음이 온 뒤에야 당신의 중요성을 알고
애통해하면서 괴로움은 깊어갑니다
혼자된 고통을 겪은 뒤 삶의 뜻 알 것 같아
고개 드니 죽음이 성큼 다가섭니다
이 세상 사는 짧은 동안
버리지 않고 얻는 것은 없으며
잃지 않고 얻는 것은 없으며
마지막엔 남은 것마저 버리게 됩니다

빠에야

쌀을 건져 두 시간을 불린다
치자나 식용색소를 한 스푼씩 풀어
고슬고슬 물이 마르도록 볶아내는
스페인의 전통요리 빠에야
찻잔을 들고 담소를 나누는 동안
부엌에선 바쁘게 요리를 준비한다
치자 물이 든 노란 병아리 빠에야에
물오징어 새우 홍합이 올라가고
피망과 완두콩으로 멋을 내는 빠에야
큰 접시에 그릇째 담겨서 푸짐하다
조금씩 떠먹고 부족하면 더 먹을 수 있는
유럽의 가난하지 않은 나라 스페인
단풍나무 아름드리가 줄기를 떨어뜨리는
중남미 문화원 박물관 레스토랑에는
노란 병아리빛 가을이 무르익고 있다

놀라운 힘

홀로 살아가는 사랑보다
함께 마주보는 사랑이
놀라운 힘을 가지고 있습니다

사랑은 모든 상처를 치료해 주는
신비한 힘을 가지고 있습니다

절망에 빠져 있을 때에도
사랑의 말 한마디는
눈빛 가슴을 녹여 주고
다시 열정을 다해 살기로 다짐합니다

사랑은 모든 것을 이길 수 있는
용광로 같은 뜨거운 힘을 줍니다

홀로 살아가는 사랑보다
함께 마주보는 사랑이
놀라운 힘을 가지고 있습니다

윤회

사랑이 오면
오는 대로 두었다가
가게 하고

이별이 오면
오는 대로 두었다가
가게 하고

그리움이 오면
오는 대로 두었다가
가게 하고

다시 사랑이 오면
오는 대로 두었다가
가게 하고

시간도 세월도
오는 대로 두었다가
가도록 그냥 두세요

꿈꾸는 부여

낙엽 길을 따라 가을의 고개를
넘어서면 고적한 역사의 숨결
비운의 잔영이 드리워진 옛 도읍지

바람 안개 비구름 흩날리는
망국의 벌판에도 계절은 다가왔는가

고란사 풍경 소리에 한을 씻겨내고
백마강에 들어서면 고요한 달빛은
여인의 절개를 비추며 강물 소리 듣는다

규암나루의 돛단배 한 척
어기여차 노를 저어 임을 마중 나간다
유구한 세월 흘러 흘러도 돌아오지 않는
이제는 이름마저 희미해진 임은 누구십니까

그래도 꿈꾸는 도시는
소쩍새 울음소리 애절하지 않아도
달빛 유유한 밤이면 임이 그립습니다

소원

내 소원은 딸과 손녀의 방문을 보는 것이고
그들을 자랑스러워하는 것이고
건강하게 걸을 수 있는 것이고
할 수 없는 것을 하는 것이다
그것은 나의 기도 안에 있는 것이고
내 영혼에 빛을 비추는 것이고
모든 사람의 관심 안에 들어 있는 것이다
소원을 설명하기는 어렵고
당신이 그것을 느껴야만 한다

아침

혼돈의 시간이 사라져가고
수도원 종이 울릴 때면
풀잎에 돋아나는 이슬방울
멈춰진 흔적은 보이지 않는다
또 한 번 분홍빛 하늘이 커지고 있다

거부하는 몸짓

천년을 기다려온 사랑이 다가온다 해도
혼자 있는 익숙함에 젖어 있는 사람은
그 사랑을 거부합니다

그 사랑이 바람이 되어 다음 천년을 향해
떠나갈 때쯤 혼자 있는 자유로움보다는
묻어두었던 이 갈망을 함께하고 싶습니다

오래고 오랜 세월이 흘러 내 삶에
그 사랑이 휘몰아 들어온다 해도 그때는
낯선 사람으로 거부하지 않을 것입니다

5부

다시 만나자

찬란한 시간

헤어짐은 만남의 시작입니다
헤어짐이 끝이 아닌 것은
다시 만남으로 가기 때문입니다
봄은 여름을 만나기 위해
여름은 가을을 만나기 위해
가을은 겨울을 만나기 위해
겨울은 다시 봄을 만나기 위해
기꺼이 서로 손을 흔들어 줍니다
나는 당신을 다시 만나기 위해
헤어짐의 찬란한 시간을 창조할 수 있습니다

밤바다

뱃전을 떠돌아다니며
끼룩끼룩 배고픈 소리를 내는
갈매기의 처절한 울음소리가
어쩌면 내 목소리 같아
어쩌면 내 절규 같아
차라리 등댓불로 타버리고 싶어

오늘 밤도 나는 당신 생각
뜨겁게 타는 용광로로 가슴을 긋고서
타는 심지는 끝내 나를 무너지게 하고 있어
차라리 밤바다에 떨어져 버리고 싶어

그대와 나 사이

노을빛 실내등을 켜고 밖으로 나갑니다
골목은 사람보다 늦게 깨어납니다
당신의 자취를 찾아 말없이 걷습니다
깨어나지 않는 어둠 속에서
당신의 목소리를 듣습니다
울리지 않는 전화에 귀를 기울입니다
골목에는 초겨울의 안개가
아침보다 빨리 도착했습니다
겨울에 이르러서야 잠을 이룹니다
독특한 삶을 유감없이 살았던 당신
따스했던 카리스마 가족을 향한 열정
한 여성의 사랑은 센티멘털 했습니다
그대와 나 사이는 한 그루 나무와 잎새
아낌없고 소탈한 마음을 주었습니다

당신이 가고 난 후 나는 여전히
침묵하는 새벽길을 쓸쓸히 걷습니다
바람을 만나듯 해맑은 표정으로
귀를 열고 기다리고 있습니다
그 봄날 꽃잎 떨군 이른 시간은
당신과 나 사이의 비보가 아니었습니다
당신과 나 사이의 안녕이 아니었습니다

상상운동

옷깃만 스쳐간 사람은 얼마였을까
눈빛만 마주친 사람은 얼마였을까
마음을 흔들고 간 사람은 얼마였을까
가로수 나무에 달린 이파리 수만큼이었을까
봄길에 피고 있는 꽃잎 수만큼일까
산 끝에 뻗어 오른 저 수천 개 나무와 꽃잎들도
때가 되면 비 오고 바람 불어 속절없이 흩어지는데
살아가는 것은 헤어짐이 있어 언제나 쓸쓸하다
사람과 사람끼리 만나고 헤어지는 일이
꽃과 나무가 만나고 헤어지는 일과 같을텐데

단풍을 보며

단풍도
꽃과 같은 걸까
알록달록 물드는 저 잎들은
윤회의 변신을 타고난 걸까

삼천대천을 건너와
가을의 향연에
초대되어 온 꽃의 정령일까

계절도 때가 되면
변신할 줄을 알아
저리도 그윽하고 고운
은은함을 풍길 줄 아는데

나만 아직도
변신할 줄을 모르는 걸까
나만 아직도
업의 그물에서 벗어나지 못하는 걸까

하지 않기

나와 타인을 향해
불가능한 기준을 만들지 않고
세상에 대한 실망과
부정적인 생각을 하지 않고
자신과 다른 사람에게
완벽을 기대하지 않고
분노와 성급함,
너무 쉽게 화를 내지 않고
실패에 대한 두려움과
굴욕감을 느끼지 않고
잘못된 것에 집착과
주의력을 기울이지 않고
자신을 혹독하게 비난하지 않고
자신에게 지나친 기대를 하지 않고
자신이 소중한 존재임을 알고
타인에 대해 너그럽게 이해하고
삶의 긴장을 풀고
하루하루 즐길 수 있도록

그래도 사는 것은

밤에 일어나 소변을 보고 나오면서
거울 속에 비친 쾡한 눈빛과 마주친다
불현듯 이승의 끝을 보게 된다

잠을 뒤척이다 파자마 바람으로
거실을 왔다갔다 하다 보면
얼만큼 걷지도 않았건만
다리에 힘이 스르르 풀어진다
부스스한 머리에서 풀벌레가 울어대면
불현듯 저승의 소리를 듣게 된다

그래도 내일은 밖에 나가
찬란한 태양빛을 쬐어야겠다고
이곳과 저곳이 아무리 있다 해도
허허 하고 웃어버릴 수가 있다
사는 것은 진짜 별것 아니니까

추억이 된 밤

당신과 배를 타고 물결은 출렁출렁
달밤을 항해하는 꿈을 꾸었다

거대한 바다를 덮은 초콜릿 같은 밤
저 건너 항구 밖에 남아 있는
백일홍 피는 세상에 대한 이야기를 밤새 했다

물고기들 헤엄치는 소리
통통배에서 오징어를 낚는 수런대는 소리
내 목소리는 점점 은밀해져가고
당신과 달밤을 항해하는 꿈을 꾸었다

보낸 사랑

보낸 사랑을 위해 펜을 든다
모든 것이 끝났다고 마침표를 찍고,
오롯이 다가오는 지난 날의 기억
흘러간 시간을 묶어 망각 속으로
깊숙이 파묻고 펜을 든다
사랑은 끝났지만 행인들 속에 손 내밀어
악수를 청한다
보낸 사랑은 홀로 어디로 가는가
펜을 든 채 혼수상태가 된다
알 수 없는 곳으로 자꾸만 떠밀려간다

푸른 밤

그리움을 사이에 두고
우리가 밤마다 뒤척이며 돌아눕고 있습니다

당신이 있는 곳까지 가다가
깊은 밤길에서 절규하는 내 목소리

보고 싶다 보고 싶다
수없이 불러보고 뒹굴던 몸부림
가다가 가다가 당신의 기슭에 다 못 가고

침대 아래 가득한 어둠으로 떨어져서
황망스레 두 눈을 떠봅니다

그리움을 사이에 두고
저생과 이생을 사이에 두고
우리가 밤마다 뒤척이며 돌아눕고 있습니다

우울한 산책

혼자서 저녁밥을 먹고 강둑을 걸었다
강물은 민얼굴의 자신을 보여주려고
출렁출렁 몸을 흔들었다
거인만 한 물오리가 그 위에 둥둥 떠서
나는 자신과 같다고 내 얼굴을 쳐다본다
회색빛 어슴푸레한 이른 저녁,
걷고 또 걸어도 강둑에는 강물만
출렁출렁 몸을 흔들고 있다
거인만한 물오리가 나는 자신과 같다고
똑같은 표정으로 내 얼굴을 쳐다본다
내일 저녁도 저녁밥을 먹으면
강물은 강둑으로 나를 부를 것이다

봉선사에서

세월이 흐르다 멈춘 곳
운하당 마루 끝에서
천년의 소리를 듣는다

환생을 기다리는 중생들과
윤회의 진리 앞에
홀연히 사바세계의 미륵불을 본다

나무들의 긴 행렬 속에
방적당의 그림자는
흔들리고

큰스님의 독경 소리
억겁따라 하늘과 산자락에
휘감기는데
오로지 육중한 범종만이 침묵한다

이별을 위한 만남

봄으로 다가와
황량한 겨울을 남겼기에
만나고 싶었습니다

혹시
만날까 하여 의미로만 남은
바다에 왔습니다

성난 파도에 쫓기면서도
모래 위에 어른거리는
너의 초상을 보고 싶었기에
걷고 또 걸었습니다

헛된 꿈인 줄 알지만
미련을 버리기 위해
만나고 싶었습니다

다시 만나자

우리 서로 새벽어둠을 헤치고 오는
아침으로 만나자
산정 깊숙한 골짜기의 바람으로 만나자

우리 서로 비구름으로 떠돌다가
해변가로 쏟아지는
한줄기 빛으로 만나자
백사장 모래를 적셔오는
흰 파도로 만나자

우리 서로 한 떨기 꽃으로 피어나자
수만 저쪽의 우담바라로 만나자

평론

먼저 간 아내를 향한 그리움의 아가

— 이철호의 『홀로 견디기』

김병익 | 문학평론가

　　많은 작품을 이미 발표했는데도 읽어본 적 없고, 이리저리 만날 기회도 숱할 터인데 대화는커녕 대면해본 적도 없는, 그래서 개인적 신상이며 성품을 전혀 짐작할 수 없는 분의 글을 읽는 데는 아무런 선입견이 없어 편하지만, 그 때문에 그 작품들에 대한 해설을 쓰는 일이 민망해질 것은 피할 수 없으리라. 간절한 독촉으로 대하는 그의 시집 원고를 그런 선입견 아닌 선입견으로 읽어가는 동안 나는 굳이 까다롭게 생각하지 않아도 좋겠다 싶어졌다. 먼저 본 서문에서 나는 그가 아내의 3년상을 맞으며 그 영전에 바치는 만가라는 것을 알았고 시편들을 읽어가면서 그것들은 그녀를 회상하고 그리워하며 그녀와의 헤어짐을 안타까워하고 그리고 마침내 홀로 사는 법을 터득해가는 내면적 과정을 허튼 수작 없이, 일상의 언어로, 순진한 마음에서, 그리고 자유로운 상상력을 통해 드러내고 있고 이런 시적 전개라면 나도 두려움 없이 그러나 공감하는 마음으로 접속할 수 있으리라 여겨졌기 때문이었다. 그리고 정확히 70편의 시를, 여전한 얼굴로 내 주변을 수선스레 훔치는 아내를 옆에 두고, 담담히 읽어내려 갔다. 그 시들은 그러니까 아가서였다. 구약 성경에 나오는 것 같은, 그러나 주고받는 사랑노래이기보다 먼저 간 아내를 이리 불러내며 저리 그려보고 그리움의 상대로 호명하면서 한쪽만의 사랑을 되풀이 읊고 속삭이는 노래였고, 그 짝사랑 같은 노래에서 아내의 눈물을 되살리고 그녀의 향기를 다시 맡고 그녀의 몸을 새로이 떠올리며 영혼의 대화를 나누는 언어들이었다.

그래서 이 시집은 순서는 가지런하지 않지만 한 편의 서사를 보는 느낌이다. 10개월을 병상에서 투병하는 아내가 결국 숨을 거두고 그녀를 땅에 묻고 돌아와서는 내내 텅 빈 집안을 서성이며 작은 기척에도 아내의 발소리가 아닐까 귀 기울이며 혼자 시간을 누벼야 하는 속아픔을 치르면서 몇 해를 지내고 이제는 그녀와의 이별을 인정하고 앞으로의 나머지 삶을 지탱해야 하는 다짐을 져야 하는 한 남자의 내면의 걸음걸이를 우리는 여기서

발견한다. 그래서 이 시집 전편이 아내를 잃은 남자 혼자만의 애상임을 우리는 살펴두어야 한다. 그것은 사랑하는 마음을 함께하고 나누는 것이 아니라, 짝 잃은 남편의 먼저 간 아내를 향한 안타까운 사랑을 호소하는 고백으로 가득차고 있다. 가령 3편의 연작시 「아내의 눈물」은 자칫 아내가 흘리는 눈물을 바라보는 남자인 나의 감상으로 읽힐 뻔했지만, 그것은 자기를 잃고 고독에 빠질 남편을 바라보며 흐르는 눈물을 주체하지 못하는 아내의 소망을 읽고 있는 것이며 그 다정한 말들은 그녀가 눈물을 흘리게 만드는 남편인 나를 향하고 있음을 깨닫게 된다. '애처롭게 우는 당신'을 위해 '푸른 기둥 꼿꼿한 나무로/ 벌떡 일어서고 싶은' 마음은 투병하는 자기를 바라보며 울음을 보이는 남편을 향해 '두 손 합장하고/ 당신을 보듬고 있는'(「아내의 눈물·1」) 아내의 다독거림이며 '촉촉한 오월의 대지에/ 푸른 보리를 키우는 농부'로, '미루나무로 푸르게 씩씩하게' '열정적이고 충만한 삶을 살기'(「아내의 눈물·2」)를 바라는 아내의 기도이고 '당신이 내 곁으로 가까이 오셔야/ (…) / 숨겨둔 나의 향기 당신의 것'이며 '바람부는 날에도 향기를 뿌리겠습니다'(「아내의 눈물·3」)라고 향내 가득한 사랑의 말을 유언으로 감싸준다. 거의 유일하게 화자가 아내임에도 그 속말이 남편을 향한 것이라면 나머지 거의 모든 시들은 남편이 화자가 되어 아내를 부르고 되살리고 그리움으로 당겨 안고 그 혼자만의 시간을 아내와 함께 누리는 서정의 언어들이다. 시인은 먼저 아내와의 당초의 맺음을 기적으로 회상한다.

> 사랑이 시작될 때면
> 찬란한 빛으로 떠오르는
> 붉은 가슴이 되어
> 순간이 영원처럼
> 느껴지는 것은 놀라운 일입니다.
>
> 어제와 다른 세상이
> 단 한 사람의 생각으로 가득하고
> 상상도 현실이 되는 기적에
> 마음이 떨려오고 두렵기마저 합니다
>
> 당신의 눈물마저
> 이렇게 설레게 하는
> 놀라운 힘을 가질 줄은 미처 몰랐습니다
>
> ― 「기적」

사랑을 해 본 사람은 알리라, 이 '상상도 현실이 되는 기적'을, '이 놀라운 힘'을 시인과 그의 아내는 '천 개의 눈과 천 개의 손마다/ 자줏빛 향낭을 움켜쥐고 나와/ 천지를 물들이는'(「수줍은 미소」) '천수관음보살'처럼 '수줍게' '불안하고 어린 나에게/ 선뜻 손을 뻗어주는' 마음 설레게 하는 '기적'의 여인이면서 '그 옷 속에/ 보드라운 가슴과 체온/ 세상에서 가장 작은 산'을 '거침없이 당신의 옷 풀어헤친다/ 보인다 보고 말았'(「화려한 옷」)던 귀여운 사랑의 여인이었다. 그 여인은 '중환자실에서 열 달을' '고통으로 괴로워'하다가 이승을 떠나면서 대신 '당신은 나를 중환자실에서 두고 가'(「중환자실」)버리고 만다. 사랑하는 이와 사랑을 주는 이의 이별은 이렇게 헤어짐을 고비로 하여 서로의 중환자로 만든다. 그리고 아내를 묻고 나서야 나는 '나 혼자 세상의 외톨이가 되었'음을 실감하는데, 안타까워라, 떠난 '해맑은 아이의 (…) 당신의 얼굴은 문수보살의 평화'였고 나는 '외톨이가 되어/ 두 눈 가득 피눈물 맺'(「이별식」)히고 만다. 그러고서 시의 화자는 끊임없이 그녀를 부르고 그녀 없는 세상을 무의미한 세상으로 삭인다. '아침부터 비가 오는 날이면/ (…) 울적하기 그지없는 허무한 마음'이 되어 '무엇을 위하여 살고 있는가/ 산다는 의미는 어떤 것인가/ 정녕 당신을 그리워하는 것이 전부인,' 말 그대로의 「바보 사내」가 되고 '다시 사랑이 살아온다면/ 더 뜨겁게/ 더 안쓰럽게 시간을 아끼며 사랑하겠는데// 내 몸이 벼랑 끝에 서 있다면/ 당신과 함께 민들레 씨가 되어/ 함께 날아갈 수 있겠는데' 애통해하며 그대가 없는 이제, '후회하고 또 후회하지만// (…) 이제사 무슨 소용이리오' 하고 탄식하며 '이제는 오직 당신 안으로 가고 싶다'고

되돌릴 수 없는 「늦은 후회」를 한다. 그는 「밤바다」를 바라보며 '오늘 밤도 나는 당신 생각/ 뜨겁게 타는 용광로로 가슴을 굿고서/ 타는 심지는 끝내 나를 무너지게 하고 있어/ 차라리 밤바다에 떨어져버리고 싶어' 할 만큼 절망적으로 그녀를 열망하며 「떠도는 영혼」이 되어 '어쩌면 그리 많은 사람들이/ 스쳐 지나가는'데 '이 사람도 당신 같고 저 사람도 당신 같아 옷자락을 잡으려고 하니 사람들이 '나를 보고 미쳤다고 할 것만 같'아지는 혼망에 빠지기도 한다. 때로는 「무료한 오후」, 문득 초인종 소리가 들리는 듯해 나가 문을 열어보면 '현관문 저쪽에서는 아무도 없는지 인기척이 없'고 '어제보다 더 진하게 초록색이 된' 앞산에 '아내의 웃음 같은 흰 햇살이 눈부시게 맑'은 빈 하늘을 바라보며 아내와의 '숨바꼭질을' 하고 있다는 착각을 일으키기도 하고 '책을 읽다가/ 시를 쓰다가/ 하늘을 보다가/ 산을 보다가/ 갑자기 미치도록 당신을 찾고 있'는 자신의 「강박증」을 깨닫는다.

이제 다시 볼 수 없는 아내를 향한 그의 열애에 약이 되어준 것은 시간만이 아니었다. 서문에서도 '명산대천 기도행군을 다니며 작은 수첩과 펜을 들고서 시를' 쓰도록 아내는 '영감'이라는 생수를 부어주며 '삶이 다하는 날까지 전정한 가치를 위해 열정적으로' 살아주기를 바라는 바람을 안겨주고 있었다고 고백하고 있지만, 시인은 그러고서 3년 동안 혼자된 마음의 외로움과 그리움으로 범벅이 되는 사랑의 시 70편을 쓰게 된다. 그리고 바로 그 연시(戀詩)들로 이어지는 아가(雅歌)에서 상실의 아픔을 '헤어짐의 찬란한 시간을 창조'로 고양하는 뛰어난 서정에 이르게 된다. 만해의 풍으로 이루어진 그 시에서 그는 헤어짐에서 이미 만남을 바라보고 있는 것이다.

> 헤어짐은 만남의 시작입니다
> 헤어짐이 끝이 아닌 것은
> 다시 만남으로 가기 때문입니다
> 봄은 여름을 만나기 위해
> 여름은 가을을 만나기 위해
> 가을은 겨울을 만나기 위해
> 겨울은 다시 봄을 만나기 위해
> 기꺼이 서로 손을 흔들어 줍니다
> 나는 당신을 다시 만나기 위해
> 기꺼이 서로 손을 흔들어 줍니다
> 나는 당신을 다시 만나기 위해
> 헤어짐의 찬란한 시간을 창조할 수 있습니다
>   ―「찬란한 시간」

그녀와의 만남으로부터 헤어지기까지의 깊은 인연은 이 '다시 만남'을 위한 것이 아니었던가. 그녀의 죽음은 분명 이 '찬란한 순간'을 위해서였을 것이 아닌가. 시인은 오히려 그녀와의 이별을 찬란한 축복으로 승화시켜야 할 것이다. 그것이 『홀로 견디기』가 자아낸 '찬란한 창조의 시간'이리라. 나는 얼굴도 모르는 이철호와 그의 아내를 향해 멀리서 시복(諡福)의 축도를 보낸다. 그리고 '우리 서로 비구름으로 떠돌다가/ 해변가로 쏟아지는/ 한줄기 빛으로 만나자/ 백사장 모래를 적셔오는/ 흰 파도로 만나자// 우리 서로 한 떨기 꽃으로 피어나자/ 수만 저 쪽의 우담바라로 만나자'며 「다시 만나자」는 깊은 영혼의 서약이 이루어지기를 더불어 기원한다. 그것은 아름답고 승화된 소망이고 서약이다. 아마도, 이럼으로써, 이 치열한 순수의 열애의 함정을 벗어나게 되면서 그 끈질긴 운명으로부터의 자유로움도 얻게 될 것이다. 이제 지난 사랑에의 그리움을 사랑의 깊은 언어로 여며둠으로써 시인도 그 아픈 인연의 줄에서 풀려나 마음의 해방을 얻어낼 수 있기를, 바란다.

끝나지 않는 사랑의 혼가(魂歌)

— 이철호 시의 불꽃

이근배 | 시인 · 대한민국예술원회원

1

우주공간에 떠도는 말 가운데 오직 하나만의 낱말을 고른다
면 '사랑'일 것이다. 아니 '사랑'의 낱말은 인류가 쓰는 모든 말들
이 하나로 집성된 것이다. 곧 사랑은 언어의 핵이며 시의 소재이
자 주제인 것이다. 한국시의 원류인 향가에서 고려가사, 정몽주
의 단심가를 비롯한 시조, 신문학 이후에도 소월, 만해, 지용,
청마, 영랑, 미당 등의 시가 사랑에 닿아 절정을 이루었다.

또한 시란 무엇인가 하는 물음에 대한 대답도 사랑만이 정답
이라는 믿음을 굳게 갖고 있는 터이다. 우주공간을 채울 만큼

크기도 하고 모래알만큼 작은 것에도 몸이 잘 맞는 사랑의 갈래를 굳이 나눌 필요는 없다. 왜? 사람과 사람, 사람과 사물 사이에 일어나는 모든 정서의 근원은 하나이니까. 그 무량한 세계를 분별해 낼 능력은 인간의 몫이 아니니까.

이철호 시인이 세 해 전 먼저 떠난 부인에 대한 끝없이 솟아나는 사랑의 용솟음을 억누르지 못하고 70편의 시로 승화시킨 사화집 『홀로 견디기』 원고를 읽었다. 나는 자연의 연치로나 문학으로나 같은 연배로 50년을 함께해 온 이철호 시인의 내면의 모습과 시적 성취에 대해 새로운 발견을 하는 기쁨이 있다.

> 너는 나를 만들고 있다
> 눈물은 카타르시스를 만들고
> 긴 헤어짐에 지친 사람들이
> 새로운 사랑 앞에 달려가고
> 나를 붙잡고 다니던 숱한 상처들이
> 나를 만든다
> 너를 자르고 나면 또 다른 너의 싹
> 애도 하지 않는 너희들이 나를 만든다
>
> 피부에 스치는 너의 입술이 두려워
> 얼굴을 감싼 내가 누워있다
> 등 뒤에서 쳐다보는 그림자

너에게 다친 나를 쓰러뜨린다
눈물이 카타르시스를 만들고
너는 나를 만들고 있다

                     ― 「상처」 전문

    인간이 신으로부터 물려받은 최상의 가치이자 절대적 권리이며 의무인 사랑의 스펙트럼은 또한 만물의 생김이나 그 나고 죽음만큼이나 무량하다. 이 봄에 저 진도 앞바다에서 피어나지 못한 꽃봉오리들 우리의 아들딸들이 어이없이 떠나감에 부딪치면서 혈육을 넘어 왜 나라가 통곡을 쏟아야 했는지? 무엇으로도 치유될 수 없는 그 깊은 상처의 뿌리에서 사랑은 가장 맑은 빛깔로 태어난다.

    "나를 붙잡고 다니던 숱한 상처들이/ 나를 만든다/ 너를 자르고 나면 또 다른 너의 싹/ 애도하지 않는 너희들이 나를 만든다"는 이 시구는 마치 세월호에 보내는 진혼시라 해도 틀리지 않는다. "너에게 다친 나를 쓰러트린다/ 눈물이 카타르시스를 만들고/ 너는 나를 만들고 있다"에서 죽음이 오히려 완전한 하나로 승화되는 결합, 또는 몸 바꾸기의 지경에 들어서고 있는 것이다.

    누군가 재미있는 이야기를 하면,
    나는 무조건 하하하 웃어버린다

웃음은 만병통치약이라는데
돈도 들지 않는 것 무엇이 어려우랴

슬픔이 커도 웃고 기쁨이 커도 웃는다
한편은 그런 내 모습을 보고 의아해한다

나는 속으로 꼬치꼬치 알려고 하지 마라
너도 웃어봐라 마음껏 웃어봐라

웃음이 맞다 웃음이 맞다

—「웃음」 전문

　상처의 꽃이 눈물일 수만은 없다. 아니 눈물은 오히려 낮은
단계의 산물이다. 눈물로도 치유되지 않는 상처일 때 그 슬픔은
웃음이 된다. "하하하 웃어버린다"에서 기쁨은 보이지 않는다.
따라 웃을 수도 없다. 소월의 "죽어도 아니 눈물 흘리오리다"는
패러독스의 미학이다. 동전의 양면처럼 기쁨과 슬픔, 눈물과 웃
음은 붙어 다닌다. 웃음이 나와서가 아니라 울음으로는 다 할
수 없을 때 치는 헛웃음을 세상에 대고 절규하고 있다. "너도
웃어 봐라 마음껏 웃어 봐라/ 웃음이 맞다/ 웃음이 맞다" 패러독
스가 절정을 때린다.

2

사람이 비운 자리는 다른 무엇으로 메꿀 수 없다. 적막강산이
다. 갑자기 혼자라는 생각이 든다. 아무것도 손에 잡히지 않는
다. 그와 함께했던 일상의 작은 풍경들이 문득문득 뇌리에 박혀
온다. 그 빈 자리에 시가 들어선다. 이철호 시인은 한 사람을
떠나보내고 혼자 남아서 쌓여오는 적막, 떨쳐버릴 수 없는 무료
를 그려낸다.

> 무료한 오후 누군가 현관에서
> 초인종을 눌렀을 거라고 나가보니
> 앞산은 어제보다 더 진하게 초록색이 되어 있습니다
> 아내의 웃음 같은 흰 햇살이 눈부시게 맑습니다
> 현관 문 저쪽에서는 아무도 없는지 인기척이 없습니다
> 신발장 선반에는 여러 컬레의 구두와 운동화가
> 가지런히 외출을 기다리고 있습니다
> 조금 전까지도 이 신발 저 신발로 어수선했는데
> 아내는 언제 이곳 현관까지 다녀갔을까요
> 심심한 나와 숨바꼭질을 하고 싶다는 뜻일까요
> ──「무료한 오후」 전문

서정주는 시 「부활」에서 "순아 순아 너 모두 다 내 앞에 오는

구나"를 노래했다. 이 시에서 "초인종을 눌렀을 거라고 나가보니
/ 앞산은 어제보다 더 진하게 초록색이 되어 있습니다/ 아내의
웃음 같은 흰 햇살이/ 눈부시게 맑습니다" 역시 산이거나 들이거
나 꽃이거나 새이거나 나무거나 돌이거나 눈에 보이는 모든 것
이 아내의 어떤 모습일 수밖에 없는 것을 옮겨놓는다. "아내의
웃음 같은 흰 햇살"의 말 꾸밈 하나만 해도 한 편의 시를 다
가릴 수 있지 않은가. "아내는 언제 이곳 현관까지 다녀갔을까
요" 이 물음을 누구에겐가 던져야 하고 메아리 없는 그 대답을
혼자서 삭여야 하는 무료한 오후가 읽는 이의 눈가를 서늘케
한다.

> 홀로 살아가는 사랑보다
> 함께 마주보는 사랑이
> 놀라운 힘을 가지고 있습니다
>
> 사랑은 모든 상처를 치료해 주는
> 신비한 힘을 가지고 있습니다
>
> 절망에 빠져 있을 때에도
> 사랑의 말 한마디는
> 눈빛 가슴을 녹여 주고
> 다시 열정을 다해 살기로 다짐합니다

사랑은 모든 것을 이길 수 있는
용광로 같은 뜨거운 힘을 줍니다

홀로 살아가는 사랑보다
함께 마주보는 사랑이
놀라운 힘을 가지고 있습니다
— 「놀라운 힘」 전문

　신의 손으로나 잴 수 있을까? 인간이 만든 도량형으로는 사랑의 크기나 무게를 잴 수는 없는 것이다. 더구나 힘의 한계가 어디까지인가를 어떻게 측정한다는 것인가. 이 시는 사랑의 나눔과 사랑의 만남에 대한 에피그램 즉 경구법으로 사뭇 진술적이다.

　"홀로 살아가는 사랑보다/ 함께 마주보는 사랑이/ 놀라운 힘을 가지고 있습니다"로 말문을 열면서 반려자가 없는 반쪽의 삶이 얼마나 무력하고 쓸모없는 것인가를 고백하고 있다. 떠난 자에 대한 호소이기보다는 살아남은 자의 고독과 절망이 낱낱이 스며 나온다. "절망에 빠져 있을 때에도/ 사랑의 말 한마디는/ 눈빛 가슴을 녹여주고"와 같이 "마주보는 사랑"의 놀라운 힘, 그것은 잃어버린 자의 일상에 다다르지 않은 이들에게 주는 경고음이기도 하다.

사랑을 정의하는 말은 역시 '사랑'밖에는 달리 찾을 수 없다. 인류 역사를 빛낸 지성과 시인들이 무수히 사랑을 갈파하고 나름대로 정의해 왔음에도 역시 서로 다른 답을 내놓을 뿐이다. 루이 아라공이 "사랑이라 함은 서로 사랑하는 두 사람 사이에 일어나는 일을 말한다."고 사랑의 낱말을 그대로 인용한 것이 그것이다. R. M 릴케가 「말테의 수기」에서 "사랑 받는 것은 타버리는 것, 사랑하는 것은 어두운 밤에만 밝히는 아름다운 빛, 사랑 받는 것은 꺼지는 것, 그러나 사랑하는 것은 끝나지 않는 것"이라고 한 것은 바로 이철호 시인의 이 한 권의 시집 속에 담은 의미를 되새기게 한다.

보낸 사랑을 위해 펜을 든다
모든 것이 끝났다고 마침표를 찍고,
오롯이 다가오는 지난날의 기억
흘러간 시간을 묶어 망각 속으로
깊숙이 파묻고 펜을 든다
사랑은 끝났지만 행인들 속에 손 내밀어
악수를 청한다
보낸 사랑은 홀로 어디로 가는가
펜을 든 채 혼수상태가 된다

알 수 없는 곳으로 자꾸만 떠밀려간다
― 「보낸 사랑」 전문

"모든 것이 끝났다고 마침표를 찍고/ 오롯이 다가오는 지난 날의 기억/ 흘러간 시간을 묶어 망각 속으로/ 깊숙이 파묻고 펜을 든다"와 같이 끝났다고 생각한 뒤에 다시 펜을 드는 끝나지 않음의 본질이 살아있지 않는가.

만해는 "님은 갔지마는/ 나는 님을 보내지 아니하였습니다"고 「님의 침묵」에서 '갔음'과 '보내지 않았음'의 의미를 정확하게 풀이해주고 있다. 이 시인도 "내 사랑은 끝났지만 행인들 속에 손을 내밀어 악수를 청한다"고 보다 생동감 있게 '보내지 않았음'을 그려내고 있다.

혼자되는 두려움에
내 너를 보내지 못함을
안타까워했고

어둠이 주는 외로움에
내 너를 보내지 못함을
서러워했고

그리움이 주는 잔인함에

내 너를 보내지 못함을
허탈해 했고

이별이 주는 무서움에
내 너를 사랑이란 이름으로
가두어 버렸다

—「보내지 못하는 이유」전문

　아주 오래도록 스스로 묻고 대답해서 비로소 얻은 화두인 것이다. 아들딸을 보낸 어머니들이 '가슴에 묻는다'는 것과 같은 맥락이면서도 주어진 운명에 복종하는 것이 아니라 주도적으로 점유하는 의지의 표현이다.

당신을 향한 그리움이
나로 하여금
새가 되게 하였다

내가 날아서 가는 곳
그곳에 당신이 있을 것이다
이제 외로움도
들끓는 가슴도

훨훨 날아서

푸른 창공 혜원의 바다를 건너
마지막 날개가 닿을 때까지
— 「새가 되었다」 전문

　피안은 어디인가. 살아서는 가지 못하는 길인가. 사람들은
무엇 때문에 새가 되고 싶은가. 날개가 있어 날 수 있다는 것은
자유에 대한 열망이다. 그리고 끝없는 미지의 세계에 대한 동경
이다. 그 나라는 어디인가. 화자는 "당신을 향한 그리움"이 "새
가 되게 하였다"고 한다. 얼마나 큰 변신이며 해방인가. 이제
이별의 고통도 번뇌의 사슬도 모두 끊고 누에고치에서 부활하는
나방이 같이 선화(仙化)의 경지에 이른다. 이 찬란한 비상은 당
신이 있는 곳에 "마지막 날개가 닿을 때까지" 계속될 것이다.
그날까지 끝나지 않는 사랑의 혼가(魂歌)는 이어질 것이다.

시인 연보

1962.	4.		계간 문예소설 「배리」로 천료.

1962.　4.　　　계간 문예소설 「배리」로 천료.

1972.　　　　　현대문학에 수필 「숫자의 개념」 발표.

1973.　　　　　단편소설집 『전간호원』 출간.

1974. 12. 25.　『한방가정 피부미용법』 출간, 현대아동문화사.

1982.　2. 25.　한의서 『백만인의 의학』 출간.

1982.　4. 25.　수필집 『무상연가』 출간, 우성문화사.

1982.　5. 10.　장편소설 『야누스의 고뇌』 출간, 신원문화사.

1982.　8. 25.　『백만인의 가정한방백과』, 우성문화사.

1983.　7. 30.　『문화사의 에로티시즘』, 행림출판사.

1984. 12. 25.　『문구멍으로 본 에로티시즘』 출간, 우암출판사.

1985.　4. 10.　『여체의 미학』 출간, 교음사.

1985.　5. 25.　『여성미용과 가족건강백과』 출간, 한국사회
　　　　　　　　교육재단.

1985. 10. 30.　수필집 『환자와의 대화』 출간.

1986.　7. 20.　『당신품에 얼굴을 묻을 때』 출간, 범조사.

1986.　8. 30.　장편소설 『태양인』 출간, 사사연.

1987.　2. 15.　『한방과의 만남』 출간, 어문각.

1987.　8. 15.　단편소설집 『타인의 얼굴』 모두 15편 중·단
　　　　　　　　편출간, 범조사.

1987.　9. 30.　『생활이 나를 속일지라도』, 범조사.

1988.　5. 30.　『체질대로 삽시다』 출간, 기린원.

1988.　8.　5.　수필집 『에로티시즘의 미학』 출간, 도서출판

선비.

1988. 11. 10.	한의서 『수험생의 건강』 출간.
1989. 4. 20.	『약이 되는 식품』 출간, 어문각.
1989. 4. 30.	장편소설 『겨울 산』 출간, 어문각.
1989. 12. 10.	『현대인의 건강과 한방』, 어문각.
1989. 12. 25.	수필집 『사랑의 밤 너머엔 슬픔의 아침이』 출간.
1991. 1. 15.	장편소설 『잃어버린 자유계약』 출간, 유림.
1991. 2. 20.	전국 『장터순례』 출간, 유림.
1992. 1. 30.	『한방의학 백과』 출간, 서음 출판사.
1993. 6. 25.	『거울 속의 가을 남자』 출간, 한겨레.
1994. 3. 1.	장편소설 1·2권 『똥털 영감의 꿈』 출간, 남송 출판사.
1994. 10. 25.	한의서 『이야기 한방』 출간, 예문당.
1994. 12. 8.	평론집 『수필창작론』 출간, 양문각.
1994. 12. 25.	『체질대로 살면 생활이 즐겁다』 1·2권 출간, 기린원.
1995. 6. 22.	한의서 『체질과 궁합과 행복만들기』 출간.
1995. 8. 15.	『한국의 시 170선』과 『한국수필 106선』 출간.
1996. 4. 10.	편저 『한국대표작 수필선집』 1·2·3·4·5권 출간, 명문당.
1996. 12. 15.	수필집 『살림만 하기엔 너무 억울해』 출간, 문학관.
1997. 8. 20.	장편소설 『풍운아 태양인 이제마』 1·2·3권 출간, 명문당.

1998. 5. 20.	한의서 『한방 성의학』 출간, 명문당.	
1999. 1. 11.	한의서 『한방 의학백과』, 민중서관.	
1999. 9. 15.	『문학과 삶』 출간, 혜화당.	
2001. 7. 18.	『수필평론의 이론과 실제』 출간, 정은문화사.	
2003. 1. 20.	단편소설집 『너에게 하지 못한 일』 출간, 정은 문화사.	
2003. 8. 25.	칼럼집 『귀는 귀한데 어찌 눈은 천한고』 출간, 정은문화사.	
2004. 9. 6.	『낭송(낭독) 문학을 위한 길잡이』 출간, 정은 문화사.	
2005. 9. 5.	『수필창작의 이론과 실기』 출간, 정은출판사.	
2005. 11. 22.	『문학. 내 삶의 영원한 본향』 출간, 정은출판사.	
2006. 11. 25.	『아무 일도 없었던 어느 봄날』 출간, 정은문화사.	
2008. 3. 20.	『이젠 사랑하는 사람을 만나고 싶지 않다』 출간, 새한국문학회.	
2008. 12. 15.	『신은 지금 어디에 있는가』 출간, 한국문인.	
2010. 9. 10.	『바람의 도시』 출간, 한국문인.	

시인 경력

1939.   서울 중구 봉래동 출생

1962.   동국대학교 문리과대학 국문과 졸업.

1966.   이천 양정여고 국어교사.

1966.   오산고등학교 교사.

1969.   경희대학교 의과대학 한의학과 졸업.

1969. 5 ~ 1977. 4. 경희대학교 한의과대학원 수료.

1971.   보건평론 및 보건위생신문 논설위원.

1974.   이철호 한의원 개원.

1974.   국제인권옹호 한국연맹 법률구조위원회 의장.

1975.   한국환경보호연구회 상임이사.

1977.   일본특허대학에서 보건학 명예박사학위 받음.

1977.   북서울(성북)청년회의소 회장.

1979.   사단법인 한국청년회의소 연수원 부원장 및 교수.

1980.   한국의학방송언론인협의회 회장.

1981.   평화통일자문회의 상임위원 및 체육문화예술분과위
             원회 간사.

1981.   미국 Golden State University(현 University of Hawaii)
             에서 Ph.D 학위 받음.

1984.   한국문인협회 수필분과회장 당선.

1984.   팔레스 호텔에서 25시 작가 게오르규 신부를 초청.
             평화통일촉진 강연회와 25시 작품의 세계를 발표.

1985.   한국수필가협회 부회장.

1986.	미국전지역 17명의 대학교수 및 고은정을 비롯한 연예인을 인솔 15일 간 평화통일홍보 강연회를 개최.
1986.	국제펜클럽한국본부 이사.
	국민훈장 목련장 〈제2702호〉 수상
1988.	한국문인협회 부이사장.
1988.	숙명여자대학 문예창작과 강사.
1988.	주부경제신문 논설위원.
1988.	명지대학교 예체능대학 문예창작과 겸임교수.
1991.	서울특별시의회 의원.
1992.	서울시의원협회 부회장 전국광역의원협의회 부회장.
1992.	모스크바대학 및 옥스퍼드대학에서 A.M.P 수료함.
1992.	서울시의원대표단으로 모스크바 방문.
	모스크바대학 레닌강당에서 한국학 강의.
1992.	영국런던의회 방문 및 옥스퍼드대학에서 강의.
1992.	수필과비평 편집인 겸 대표로 취임.
1993.	서울시의회문화교육 상임위원장 및 교육부 1종 도서편찬심의 의원.
1994.	한국문인협회 부이사장 취임(재선). 서울시문예진흥 심의위원.
	서울시립대학교 학술문화 이사 취임.
	국민훈장 동백장 〈제15485호〉 수상.
1997.	바누아트 공화국 주한명예 총영사 발령.
1998.	서울특별시의회 보사위원장.
1999.	서울시체육회 자문위원 위촉.

1999.	새한국문학회 회장 겸 한국문인 발행인.
2000.	서초로타리클럽 회장.
2001.	국제펜클럽한국본부 부회장.
2003.	소월기념사업회 이사장.
	서초구 문화예술위원장(현재 문화원장)
2005.	한국수필가협회 이사장.
2008.	서초구 예술의전당 후문 천년고찰 대성사 뜰에 시비 세워짐.
	(※ 전국 : 진해. 태안. 부안. 천관산. 문경 포함사 등에 시비 건립.)
2013 5. 23.	경암이철호문학기념관 개관.
2013 7월 현재	사단법인 새한국문학회 이사장.
	종합문예지 『한국문인』 발행인 겸 편집인.
	김소월문학기념사업회 이사장.
	새한국문학회 부속 한국문인 아카데미에서 문학 강의.

홀로 견디기

초판인쇄 : 2015. 4. 3
초판발행 : 2015. 4. 10
지은이 : 이철호
펴낸이 : 노용제
펴낸곳 : 정은출판
주   소 : 서울특별시 중구 창경궁로 1길 29 (3F)
전   화 : 02-2272-9280
팩   스 : 02-2277-1350
이메일 : rossjw@hanmail.net
ISBN 978-89-5824-275-8 (03810)

정가 9,000원